Percy Jackson

波西傑克森

塞瑞比斯權杖

雷克・萊爾頓 Rick Riordan◎著
荷米斯◎譯

遠流

在安娜貝斯注意到那隻雙頭怪物之前，她以為今天已經夠倒楣了。

她一整個早上都在趕學校功課進度（她因為經常蹺課而嚴重影響學業成績，這是為了拯救世界免受怪物和無賴希臘天神的危害）。之後，她為了去一間當地的建築設計事務所面試，好爭取暑期實習的機會，而拒絕了男友波西和幾個朋友的電影邀約。悲慘的是，她的腦袋糊成一片。她非常肯定自己搞砸了面試。

最後，大約下午四點時，她拖著腳步穿過華盛頓廣場公園，走向地鐵站，一腳踩進一團新鮮的牛糞。

她怒視著天空。「希拉！」

路上其他行人紛紛對安娜貝斯投以狐疑的眼光，但她不在乎。她受夠這個女神的惡作劇了。安娜貝斯替希拉完成這麼多冒險任務，但這個天后依舊把自己神聖動物的禮物送給她，還擺在她可能踩到的地方。女神一定派了一群母牛在祕密巡守曼哈頓。

等安娜貝斯來到西四街地鐵站時，她的心情糟透了，累得要命，只想搭上F線地鐵往上城方向到波西家。現在來不及去看電影了，但或許他們可以一起吃頓晚餐什麼的。

然後她看見了怪物。

安娜貝斯以前見識過一些瘋狂事物，但這頭野獸絕對榮登她那「天神到底在想什麼？」的名單上。牠看起來像是一隻獅子和一匹狼拼湊在一起，再從屁股開始被塞進一個寄居蟹殼裡。

蟹殼本身是個粗糙的棕色螺旋體，像甜筒餅乾，大約有一百八十公分高，中間有一道歪七扭八的接縫，彷彿牠曾經被剖成兩半又被黏了回去；牠上半身的左半部露出灰狼的前肢和頭，右半部則是金色鬃毛獅子。

這兩隻動物似乎不太喜歡共享一個外殼。牠們拖著殼在月台上走，因為彼此想走的方向不同而時左時右。牠們不耐煩地對彼此咆哮，接著都僵住不動，嗅聞著空氣。

通勤族從旁邊魚貫經過。大多數人會調整方向繞過怪物，無視牠的存在。有些人則是皺著眉頭或擺出一副臭臉。

安娜貝斯看過許多次迷霧正在運作的情形。這種魔法屏障可以扭曲凡人所看到的景象，就連最恐怖的怪物都看起來像是某種可以解釋的東西，比方說是一隻野狗，或一個包裹在睡袋裡的流浪漢。對此，她總是覺得非常神奇。

這隻怪物鼻孔噴氣。安娜貝斯還沒決定好該採取什麼行動，牠的兩顆頭就同時轉向，直接瞪著她。

安娜貝斯想伸手拿刀，接著才想起自己沒有帶。她此刻最致命的武器是她的背包，裡面裝滿了從公共圖書館借出的厚重建築書籍。

她穩住呼吸。怪物站在離她大約九公尺外的地方。

在一個擁擠地鐵站的中央單挑一隻獅狼蟹合體的怪物，不會是她的第一選擇，但假使必須出手，她還是會這麼做。她可是雅典娜的女兒啊。

她用力瞪著怪物，想讓牠知道自己不是好惹的。

「小蟹，放馬過來，」她說：「希望你很耐得住痛。」

獅頭和狼頭都露出利牙。接著地板震動。當列車抵達，空氣迅速通過隧道。

怪物對安娜貝斯咆哮。她發誓看見牠眼中流露出可惜的神情，彷彿在想：「真想把你碎屍萬段，但我還有正事要辦。」然後，小蟹轉身跳開，身後拖著巨大的蟹殼消失在往上的樓梯間，朝A號車而去。

安娜貝斯一度因為太震驚而無法動彈。她很少看到怪物這樣拋下混血人置之不理。怪物只要一有機會，幾乎都會選擇攻擊。

假如這隻雙頭寄居蟹還有比殺死她更重要的事得做，安娜貝斯很想知道那是什麼。她不能就這樣讓怪物一走了之去執行牠的邪惡計畫，而且還免費搭乘大眾交通工具。

她渴望地瞥了一眼那列可以載她去上城區波西家的F線車，然後跟在怪物後面跑上樓梯。

安娜貝斯就在車廂門關閉之際跳上車。列車從月台駛離，潛入黑暗中。頭頂上的燈管閃爍，車上乘客前後搖擺晃動。每一個座位都有人。十幾個乘客緊抓扶手和柱子站立，並隨之搖晃。

安娜貝斯一直看不見小蟹，這時前面有個人大喊：「怪胎，你走路看路！」

獅狼蟹怪推擠著人群往前，對著凡人咆哮，但乘客都只是擺出平常在紐約地鐵裡那種不耐煩的模樣。也許他們把怪物看成是偶爾喝醉酒的傢伙。

安娜貝斯尾隨在後。

小蟹撬開通往另一節車廂的車門爬了過去，安娜貝斯注意到牠的蟹殼微微發亮。

牠之前一直都這樣嗎？怪物的四周有紅色霓虹般的符號旋繞著，有希臘字母、星象符號及圖像文字。那是埃及象形文字。

安娜貝斯感到背脊一陣發涼。她想起波西在幾個星期前告訴過她的事，那似乎是非常不可能發生的一次巧遇，她還猜想他是在開玩笑。

但是現在……

她擠過人群，跟著小蟹進到下一個車廂。

怪物的殼現在絕對更亮了。隨著安娜貝斯愈來愈靠近，她開始覺得不舒服。她感到內心有種發熱的拉扯感，彷彿她的肚臍上吊著一個魚鉤將她拉向怪物。

安娜貝斯想要安定自己的情緒。她這輩子都投注在古希臘亡靈、怪物和惡魔的研究上，知識就是她最重要的武器。然而這隻雙頭蟹怪……她找不到相關的參考資料。她內在的指南針毫無用處地轉啊轉。

她希望自己有後援。她有帶手機，但就算在隧道裡收得到訊號，她又能打給誰呢？大多數混血人都不帶手機，因為手機訊號會吸引怪物前來。波西又遠在上城區；她大部分的朋友都在長島北岸的混血營裡。

小蟹繼續推開人群往列車前端而去。

安娜貝斯在下一節車廂追上牠，這時怪物的光環已經非常明亮，連凡人都開始注意到了。有許多人無法呼吸，在座位上縮著身子，像是有人打開了一個擺滿腐臭午餐的置物櫃；其他人則是昏倒在地。

安娜貝斯感到非常噁心想吐，她想要撤退，但是那股魚鉤感繼續拉扯著她的肚臍，並且正捲起魚線將她拉向怪物。

火車嘎吱駛進福爾頓街站。當車門一開，每一個還有意識的乘客都腳步不穩地下了車。小蟹的狼頭猛地咬向一位女士，牠用牙齒咬住她的皮包，在她正想逃跑的時候。

「喂！」安娜貝斯大喊。

怪物放開那位女士。

牠的兩雙眼睛直盯著安娜貝斯，彷彿心想：「你找死嗎？」

接著，怪物的兩顆頭向後仰，一起發出怒吼，那聲音宛如冰錐打中安娜貝斯的雙眼之間。車上的窗戶全部碎裂，剛剛昏過去的凡人被嚇到恢復了意識。有些人想辦法從車門爬出去，其他人則跌跌撞撞破窗而出。

安娜貝斯從模糊的視線中看見怪物蹲坐在不協調的前腳上，準備向她撲過來。

時間慢了下來。她略微意識到破裂的車門已經關上，現在空無一人的列車正駛離車站。列車的服務人員難道沒發現發生了什麼事嗎？難道列車是靠自動駕駛行進？

安娜貝斯現在與怪物的距離大約是三公尺，她注意到了怪物的其他特徵。牠的紅色光環最亮的地方似乎是蟹殼上那條縫線。不斷冒出的希臘字母和埃及象形文字閃閃發光，有如深海裂縫冒出的火山氣體。獅子左前腳腳踝處的毛被剃光，上面有一串小小的黑色條紋刺青。有一張寫著「美金九十九點九九元」的橘色標價貼紙塞在野狼的左耳內。

安娜貝斯緊抓著背包的背帶。她本來準備用背包揮擊怪物，但這實在算不上什麼武器。她改成採取平常面對強大敵人時慣用的策略。她開始說話。

「你是由兩個不同的部分組合在一起，」她說：「像是……一座活過來的雕像碎片。你一直都這樣被組合在一起嗎？」

這完全只是推測，但獅子的咆哮聲讓安娜貝斯覺得自己說中了。野狼咬了獅子臉頰一下，像是在叫牠閉嘴。

「你不習慣和別人一起共事，」安娜貝斯猜測：「獅先生，你的腿上有一塊條碼。你本來是擺在博物館裡的一件文物，是在大都會博物館嗎？」

獅子發出震耳欲聾的吼聲，安娜貝斯雙膝發軟。

「我猜你的回答是肯定的。狼先生，至於你嘛……你耳朵上有張貼紙……你之前是某間古董店的特賣品吧？」

野狼咆哮，朝她邁出一步。

於此同時，列車在東河底下繼續前進。從破窗灌入的冷風讓安娜貝斯的牙齒打顫。

所有的本能都告訴她要逃跑，但她的關節感覺像在融化。怪物的光環愈來愈亮，空中瀰漫著模糊的符號和血紅色光芒。

「你……你的力量變得愈來愈強。」安娜貝斯注意到了，「你要去某個地方，對吧？你愈靠近那裡，就愈……」

怪物的雙頭再次一起怒吼。一陣紅色能量在整個車廂裡起伏波動。安娜貝斯試圖保持意識清醒。

小蟹走近，牠的蟹殼沿著中間的裂縫擴展開來，裂縫處燙得像熔化的鐵一樣。

「等一下，」安娜貝斯沙啞地說：「我……我現在懂了。你還沒完全成形。你在找另一樣東西。是第三個頭嗎？」

怪物暫停下來。牠的眼睛警覺般地發亮，彷彿在說：「你是不是看過我的日記？」

安娜貝斯勇氣激增。她總算看穿了她的敵人。她以前遇過很多三頭怪物。只要說到神話中的生物，「三」就是一種魔法數字。這隻怪物想要去找另一顆頭是很合理的事。

小蟹之前曾是某種雕像，被分開成好幾部分。現在某個東西喚醒了牠。牠想要把自己完整拼湊回來。

安娜貝斯決定不能坐視這種事發生。那些發出紅光的象形文字和希臘字母飄浮在怪物的四周，有如燒紅的導火線般散發出感覺完全不對勁的魔法，而這種魔法彷彿要慢慢融解安娜貝斯的細胞結構。

「你不完全是希臘怪物吧？你來自埃及嗎？」她冒險一問。

小蟹不喜歡這個說法。牠露出利牙，準備跳過去。她說：「哇，老天，你還沒使出全力吧？你現在攻擊我，你就會輸。畢竟，你們兩個不信任彼此。」

獅子歪著頭咆哮。

安娜貝斯假裝表現出驚訝的樣子。「獅先生！你怎麼可以那樣說狼先生呢？」

獅子眨眨眼。

狼瞄了獅子一眼，然後狐疑地大吼一聲。

「狼先生！」安娜貝斯倒抽了口氣。「你不該用那種話說你的朋友！」

兩個頭轉向看著彼此，邊咬邊發出嚎叫聲。整隻怪物搖搖晃晃，前腳還往不同方向走。

安娜貝斯明白自己只是爭取到幾秒鐘的時間。她絞盡腦汁，努力想找出這個怪物的身分，還有該如何打倒牠；但是眼前的怪物與她記憶中在混血營所學到的一切完全連不起來。

她考慮要繞到牠後面，或許試試打破牠的蟹殼；但是她還來不及行動，列車就慢了下來。他們駛進高街站，這是進入布魯克林區的第一站。

月台出奇地空蕩，但是出口處樓梯有一道閃光吸引了安娜貝斯的注意。一個身穿白衣的年輕金髮女孩正揮舞著一根木杖，試圖擊打一隻繞在她腳邊、憤怒吠叫的奇怪動物。那隻動物的肩膀上方看起來像黑色的拉不拉多犬，但下半身只是粗糙的尖錐物，像鈣化的蝌蚪尾巴。

安娜貝斯居然有時間去想：「這是第三部分。」

然後金髮女孩揮擊過狗的口鼻部位。她的木杖發出了金色光芒，那隻狗匆忙後退，並直接穿過破窗進到安娜貝斯所在車廂的另一端。

金髮女孩跟在後面。就在列車駛離車站之際，她從正在關閉中的車門跳了進來。

那一刻，所有人只是站在那裡——兩個女孩和兩隻怪物。

安娜貝斯打量車廂另一頭的女孩，想評估她的危險程度。

這位新加入的成員穿著白色亞麻褲和一件相襯的上衣，看起來像空手道服。她的戰鬥靴上有鋼鐵鞋尖，看起來像是打鬥時能用來增加傷人的程度。她左肩掛著一個藍色尼龍背包，還有一支彎曲的象牙棒吊掛在背帶上……那是迴力鏢嗎？不過這女孩最令人生畏的武器是她那根白色木杖，長有一公尺半，上面雕飾著一個老鷹頭，整根木杖亮得有如神界青銅。

安娜貝斯與女孩四目相接，一種似曾相識的感覺襲上心頭。

空手道女孩的年紀不超過十三歲。她的眼睛明亮澄藍，像宙斯的孩子一樣，而那頭金色長髮還挑染成紫色。她看起來很像雅典娜的孩子，隨時準備戰鬥、敏捷、機警、無懼。安娜貝斯感覺像是看到了四年前的自己，那差不多是她第一次見到波西．傑克森的時候。

然後空手道女孩開口，打破了她的空想。

「好吧。」她將臉上一縷紫色頭髮吹開。「因為我今天過得不夠瘋狂是吧。」

英國人，安娜貝斯心想。但是她沒時間去多想這件事。

狗蝌蚪和小蟹一直站在車廂中央，彼此距離四公尺多，正驚訝地望著彼此。牠們現在已經從驚嚇中平復過來。狗發出嚎叫聲，那是一種勝利式的呼喊，像是在說：「我找到你了！」然後獅狼蟹怪向牠撲了過去。

「阻止牠們！」安娜貝斯大喊。

她跳到小蟹的背上。牠的前掌因為增加的重量而癱軟。

另一個女孩大叫一句像是「瑪！」之類的話。

一串發亮的金色象形文字在空中出現。

犬怪踉蹌後退，不斷作嘔的模樣彷彿吞進了一顆撞球。

安娜貝斯奮力壓制住小蟹，但這隻野獸的體重是她的兩倍。牠用前腳支撐起身體，試圖把她拋甩出去，兩顆頭則轉而咬向她的臉。

幸好她替混血營裡眾多野生飛馬上輓具的經驗豐富，能設法在肩上背包滑落時保持平衡。她還用重達九公斤的建築書狠敲獅頭，然後將肩上背帶套上狼嘴，當作馬銜一樣用力往後拉。

同時，列車衝入陽光中，沿著皇后區的高架鐵軌奔馳。新鮮的空氣從破窗吹入，玻璃碎片在座椅間閃閃發亮。

安娜貝斯從眼角餘光看到黑狗已經恢復了，牠撲向空手道女孩。女孩狠狠揮出象牙迴力鏢，並以另一道金色閃光轟擊怪物。

安娜貝斯真希望自己能召喚金色閃光。她現在全身上下唯一的工具只有一個蠢背包。她盡可能壓制住小蟹，但這怪物似乎每一秒都變得更強更有力，而且牠的紅色光環也在削弱安娜貝斯的力量。她的頭感覺像是塞滿棉花，胃則翻攪糾結著。

她和怪物扭打著，不知道時間過了多久，只知道不能讓牠和那隻狗頭傢伙合體。假如牠變成一隻完整的三頭什麼鬼的怪物，可能會變得很難收拾。

犬怪再次撲向空手道女孩。這次牠推倒了她。安娜貝斯一個分神，原本緊抓住寄居蟹怪的手鬆開了，寄居蟹怪將她甩出去，讓她的頭撞上椅子邊角。

她的耳朵嗡嗡嗚叫，怪物發出勝利的嘶吼。一陣又紅又燙的能量波在車廂裡流動。列車傾倒一旁，安娜貝斯失去重心。

「你快起來，」一個女孩的聲音說著：「我們得走了。」

安娜貝斯睜開眼睛。整個世界天旋地轉，遠處響起緊急消防救護車的鳴笛聲。

她平躺在刺刺的雜草上。列車上的金髮女孩彎下身，勾起她的手臂。

安娜貝斯勉強坐起身。她感覺像是有人將熱燙的鐵釘敲進她肋骨裡。當她的視線變清晰，她發現自己還活著真是命大。大約距離五十公尺處，地鐵列車廂翻覆在鐵軌外。車廂倒在一邊，彎折的殘骸破敗不堪並冒著煙，讓安娜貝斯想起了古蛇龍的屍體（慘的是，她還看過了好幾次）。

她沒有看到凡人受傷，希望他們在福爾頓街站就全都逃走了。儘管如此，這還真是災難一場。

安娜貝斯認出自己的所在之處，這是洛克威海灘。在左邊百公尺外的地方，原本空蕩的土地和彎曲的鐵絲網圍欄全被綴滿柏油和垃圾的黃色沙灘所取代。海水在多雲的天空下洶湧翻攪。在安娜貝斯右邊越過列車鐵軌，矗立著一排破敗傾圮的公寓大樓，那很可能是用老舊的冰箱包裝紙箱做成的擬真建築。

「唷呼。」空手道女孩搖著她的肩膀。「我知道你大概還沒從驚嚇中清醒過來，但是我們得走了。我可不想拖著這個傢伙被警察盤問。」

女孩跑到她的左邊。在她身後破裂的柏油路上，那隻黑色的拉不拉多犬怪全身癱軟如一條離開水的魚。牠的嘴和腳掌都被發亮的金色繩子綁了起來。

安娜貝斯盯著這個比她小的女孩看。在她的脖子上，一條帶有銀製護身符的項鍊閃閃發光，那個圖案很像是拿薑餅人穿過埃及的安卡。

在她身旁擺著木杖和象牙迴力鏢，兩樣東西上面都有象形文字雕飾，還刻著奇特且非常不希臘的怪物。

「你是誰？」安娜貝斯質問。

女孩的嘴邊漾起了微笑。「我通常不會把我的名字告訴陌生人，因為會暴露魔法弱點等諸如此類的原因。但我一定要尊敬一個只靠背包徒手對付雙頭怪物的人。」她伸出手。「我是莎蒂．凱恩。」

「我是安娜貝斯．雀斯。」她們握握手。

「安娜貝斯，很高興認識你。」莎蒂說：「我們現在來遛遛狗怎麼樣？」

她們及時離開。

不過幾分鐘時間，救護車及消防車就包圍住失事的列車殘骸，一群湊熱鬧的人從鄰近公寓大樓聚集過來。

安娜貝斯感覺更不舒服了。她眼冒金星，但還是協助莎蒂拉著犬怪的尾巴，把牠拖回沙丘。莎蒂拖著怪物走過她盡可能找到的許多石頭和破瓶子，她似乎樂在其中。

野獸咆哮又掙扎，紅色光環變得更亮，金色繩索卻更黯淡。

安娜貝斯通常喜歡在海灘散步。海洋使她想起波西，可是她今天又餓又累。背包此刻感覺特別沉重，犬怪的魔法讓她想大聲咒罵。

況且，洛克威海灘是一個淒涼的地方。一年前，一個大颶風橫掃此地，當時造成的損害迄今依舊清晰可見。遠處有些公寓大樓被迫變成空殼，釘上木板的窗戶與空心磚牆上全是滿滿的塗鴉。腐爛的木頭、碎裂的柏油路塊、扭曲的金屬材料遍布在海灘上。毀損的碼頭樁柱突出水面。海洋自己憤恨地侵蝕岸邊，彷彿在說：「不准忽略我。我永遠都可以回頭來收拾你們。」

她們最後走到一輛半沉沒在沙丘裡的荒廢冰淇淋貨車。車身一邊有繪圖，消失已久的美味餐點褪色圖片讓安娜貝斯的胃出聲抗議。

「得停下來才行。」她喃喃說道。

她拋下犬怪，蹣跚地走到貨車旁，背靠著乘客這一側的車門滑坐在地上。

莎蒂面對她盤腿坐下，然後在自己的背包裡東翻西找，拿出一瓶用軟木塞塞住的陶瓶。

「來，」她把瓶子交給安娜貝斯，「這很好喝。喝下去吧。」

安娜貝斯謹慎地檢查瓶子，感覺又重又溫暖，像裝滿了熱咖啡。「這……不會對著我的臉放出什麼『卡砰』的金光吧？」

莎蒂哼了一聲。「傻瓜，這只是療癒藥水啦。我朋友潔絲會熬煮世界上最好的藥水。」

安娜貝斯還是有點猶豫。她以前試喝過魔法女神黑卡蒂的子女熬煮的藥水，通常喝起來的味道很像綠藻湯，但至少那些藥水是專門製作給混血人用的。但不論這個瓶子裡面裝了什麼，絕對都不是專屬混血人。

「我不確定該不該喝，」她說：「我……和你不同。」

「沒有人和我一樣。」莎蒂同意。「我令人讚歎的特質是獨一無二的。不過，如果你的意思是指你不是魔法師的話，嗯，我可以理解。我們通常是用魔杖和魔棒作戰。」她拍了拍擺在身旁那根有雕飾的白色長棍以及象牙迴力鏢。「不過，我想我的藥水應該對你會有效才對。你和怪物搏鬥，又遇上列車意外卻沒有死，你不可能正常啦。」

安娜貝斯虛弱地笑了笑。她發現這個女孩的急躁莽撞有點提振精神的效果。「不，我絕對不正常。我是混血人。」

「啊。」莎蒂用手指輕彈她的彎曲魔棒。「抱歉，我第一次聽到。你是說『混種人』？」

「是混血人，」安娜貝斯糾正她，「一半是神，一半是人。」

「噢，好。」莎蒂吐了口氣，顯然放心下來。「艾西絲也好幾次寄宿在我腦袋裡。你腦袋裡那個特殊朋友是誰？」

「我的……不，我不是任何人的**宿主**。我的母親是希臘女神雅典娜。」

「你的母親。」

「對。」

「女神。一位希臘女神。」

「對。」安娜貝斯注意到她的新朋友臉色發白。「我猜，你們那裡，呃，沒有這種事情吧。」

「你是說布魯克林嗎？」莎蒂沉思了一下。「沒有，我不認為有，不管是在倫敦或洛杉磯都一樣。我不記得在這些地方遇過希臘混血人。雖然如此，一個與魔法狒狒、女神貓咪、穿泳褲的侏儒打過交道的人，不會動不動就大驚小怪。」

安娜貝斯不確定自己有沒有聽錯。「穿泳褲的侏儒？」

「嗯。」莎蒂瞄了一眼犬怪，牠還在金色繩索裡拚命扭動。「不過現在有個難題。幾個月前我媽警告過我，她告訴我要小心其他天神和別種魔法。」

安娜貝斯手裡瓶子的溫度似乎升高了。「其他天神。你剛剛提到艾西絲，她是埃及魔法女神，可是……她不是你媽？」

「是，」莎蒂說：「我的意思是，你說的沒錯，艾西絲是埃及魔法女神，但不是我媽。我媽是鬼。嗯……她以前是生命之屋的魔法師，就像我一樣，但後來她死了，所以……」

「等一下。」安娜貝斯的頭痛得不得了，她想她的頭應該是痛到極限了吧。她打開藥水瓶塞，一口氣喝掉。

她一直以為會喝到綠藻湯，但其實喝起來像溫熱的蘋果汁。她的視線立刻變清晰，胃也不再翻攪。

「哇。」她說。

「我說過啦，」莎蒂得意地笑，「潔絲是很厲害的藥師。」

「所以你剛說……生命之屋。埃及魔法。你很像我男朋友碰到的那個人。」

莎蒂的笑容消失。「你的男朋友……遇見一個像我的人？另一個魔法師？」

幾公尺外，犬怪不停咆哮掙扎。莎蒂看起來不以為意，但魔法繩索的光現在變得好暗，這讓安娜貝斯開始擔心。

「這是好幾個星期前的事。」安娜貝斯說：「波西告訴我一個瘋狂的故事，他說他在蒙淘克海灣碰到一個男孩。這男孩顯然是用象形文字施咒。他幫助波西對付一隻巨大的鱷魚怪物。」

「索貝克之子！」莎蒂脫口而出。「可是我哥只說他對付那隻怪物的事，沒說其他的……」

「你哥哥叫做卡特嗎？」安娜貝斯問。

莎蒂的頭上出現憤怒的金色光環，是一個有著象形文字的光圈，文字顯現出皺眉、拳頭和死掉火柴人的圖案。

莎蒂氣沖沖地說：「就在這一刻，我哥的名字叫做拳擊沙包袋。看來他似乎沒有把事情全部告訴我。」

「啊。」安娜貝斯必須壓抑住一股跑離新朋友的衝動。她擔心那些發光又氣呼呼的象形文字會爆炸。「真尷尬。抱歉。」

「不必道歉，」莎蒂說：「我會痛快地揍我哥的臉一頓。不過你先把一切事情都告訴我吧，關於你自己、混血人、希臘人，還有一切可能與我們這位邪惡狗朋友有關的事。」

安娜貝斯把所有能說的事都告訴她。

她通常不會這麼快就信任別人，但在看人這件事上，她經驗豐富。她立刻就喜歡上莎蒂，無論是她的戰鬥靴、紫色挑染頭髮、態度……就安娜貝斯的經驗來看，不值得信任的人不會這麼直接要痛打別人的臉，當然更不會幫助失去意識的陌生人，也不會給他們治療的藥水。

安娜貝斯描述了混血營。她重述某些與天神、巨人和泰坦巨神的戰鬥和冒險。她解釋自己是怎麼在西四街車站注意到兩個頭的獅狼蟹怪，並決定要尾隨在後。

「所以我才會在這裡。」安娜貝斯總結。

莎蒂的嘴唇顫抖著，看起來像是會大叫或哭泣，但是她反而突然失控地笑了起來。

安娜貝斯皺眉。「我說了什麼好笑的事嗎？」

「不，不是……」莎蒂哼了一聲。「嗯……是有點好笑。我是說，我們現在坐在海灘上談論希臘天神，還有混血人的營區，以及……」

「全都是真的！」

「喔，我相信你。這一切太荒謬了，不可能是假的。只是每次我的世界變得愈奇怪，我就會想：『對，我們現在已經碰到最詭異的事了。至少我充分了解詭異之處。』起先，我發現我哥和我是法老的後代，並且具有魔法力量。好的。這沒問題。然後我發現死去父親的靈魂和俄塞里斯合而為一，成為死人主宰。好極了！有何不可？接著我叔叔接管了生命之屋，管理全世界數百名魔法師。後來我的男友變成魔法師男孩加上不死喪禮之神的綜合體。在那期間，我一直在想：『當然好了！保持冷靜，繼續努力！我已經適應了！』然後你在某個星期四出現了，裝模作樣地說：『喔，順便告訴你，埃及天神只是宇宙荒謬的一小部分而已。我們還有希臘人要擔心！太好了！』」

安娜貝斯不懂莎蒂說的每一句話（男友是喪禮之神？），但是她必須承認，對這一切一笑置之，總比整個人縮成一團哭泣來得健康。

「好吧。」她承認。「這一切聽起來有點瘋狂，但我想還是說得通。我的老師奇戎……數年來一直在告訴我，古代的神長生不死是因為他們是文明架構的一部分。假如希臘天神這幾千年來都一直存在，為什麼埃及神就不行呢？」

「愈多愈熱鬧。」莎蒂同意。「可是，呃，這隻小狗狗要怎麼辦？」她撿起一個小貝殼，彈丟飛過拉不拉多犬怪的頭上，犬怪惱怒吼叫。「前一分鐘牠還坐在我們圖書室的桌上，是一件無害的文物，我們認為是某個雕像上的一塊碎石片，但下一分鐘牠就活過來，從布魯克林之家逃走。牠瓦解我們的魔法屏障、衝倒菲利斯的企鵝、擺脫我的咒語，彷彿咒語對牠來說沒有什麼。」

「企鵝？」安娜貝斯搖搖頭。「算了，當我沒問。」

她研究正在掙扎束縛的犬怪。紅色的希臘字母與象形文字環繞在犬怪四周，像是試圖形成新的符號，是一條安娜貝斯幾乎就能讀懂的訊息。

「那些繩索綁得牢嗎？」她問。「看起來力量正在減弱。」

「別擔心，」莎蒂向她保證，「那些繩索以前也綁過神。提醒你，綁住的可不是什麼小神喔，是特別厲害的大神。」

「呃，好吧。所以你剛才說這隻狗是雕像的一部分。你知道是什麼雕像嗎？」

「不知道。」莎蒂肩膀一聳。「這隻狗狗甦醒過來的時候，我們的圖書室管理員克麗約才正在調查這個問題。」

「但一定是和另一隻怪物有關連，就是狼頭和獅頭。我感覺牠們也才剛活過來而已。牠們被結合在一起，不習慣一起合作。牠們上了那輛地鐵列車去找東西，大概是在找這隻狗。」

莎蒂撥弄她的銀墜子。「一個三頭怪物：獅、狼、狗。底下都接著……那個圓錐形的東西叫什麼？蟹殼？火把？」

安娜貝斯的頭又開始旋轉。火把。

她忽然想起很久以前的記憶，也許是她在某本書裡看到的圖片。她沒有想過怪物的圓錐體部分或許是個能讓人握住的地方，還是個能讓巨大手掌握住的東西。但不是火把……

「是權杖。」她明白了。「我不記得是哪個天神握著它，但是三頭權杖是他的象徵。我想，他是……希臘天神，但他也來自埃及的……」

「亞歷山卓。」莎蒂猜測。

安娜貝斯盯著她看。「你怎麼知道？」

「這個嘛，當然啦，我不像我哥是個歷史迷，但我去過亞歷山卓。我記得那裡是希臘人統治埃及時期的首都。是不是亞歷山大大帝？」

安娜貝斯點點頭。「沒錯。亞歷山大大帝征服埃及。在他死後，他的將軍托勒密接管埃及。他想要埃及人接受他成為他們的法老，所以他就把埃及神祇和希臘的神通通混在一起，並且創造出新的神。」

「聽起來真亂，」莎蒂說：「我喜歡我的神單純一點。」

「但其中特別有一位神……我不記得他的名字。他的權杖頂端有三頭獸……」

「是一支相當大的權杖，」莎蒂注意到，「我不會想見到拿著這支權杖到處晃的傢伙。」

「噢，天神啊。」安娜貝斯坐直身體。「那就對了！權杖不是想要重新組合自己，它是想要找到主人。」

莎蒂臉色一沉。「我不喜歡這整件事。我們需要確定……」

犬怪嚎叫。魔法繩有如手榴彈般爆炸，金色碎片散滿海灘。

爆炸震得莎蒂如風滾草一般滾過沙丘。

安娜貝斯撞到冰淇淋車上。她的四肢沉重無力，肺部壓迫得像沒了空氣。

假如犬怪想殺她，可以輕鬆奪走她的命。

但是牠走往陸地的方向，消失在雜草堆中。

安娜貝斯本能地想抓個武器。她的手指抓住了莎蒂的彎曲魔棒。疼痛使她大口喘氣。象牙棒有如乾冰一般會灼傷人。安娜貝斯想放開，但她的手不肯聽話。在她注視之下，魔棒發出蒸氣，改變形狀，等到熱度消退時，安娜貝斯手上握著的是一把神界青銅短刀，與她多年來隨身攜帶的那把刀一模一樣。

她注視著短刀，接著聽到附近沙丘傳來呻吟聲。

「莎蒂！」安娜貝斯搖搖晃晃地站起來。

等她找到魔法師莎蒂時，莎蒂正坐起身，吐出嘴裡的沙子。她的頭髮裡有一些海草，背包纏在一隻戰鬥靴上，但她看起來是憤怒多過於受傷。

「笨狗狗！」她怒吼著：「不給牠吃狗餅乾了！」她皺起眉頭看著安娜貝斯的刀。「你從哪裡拿到的？」

「呃……這是你的魔棒，」安娜貝斯說：「我只是把它拿起來……不知道為什麼，它就變成我常用的那種短刀。」

「嗯，這個嘛，魔法物品有它自己的意志。留著吧，我家裡還有很多。好了，狗狗往哪個方向走？」

「那裡。」安娜貝斯用她的新短刀指著。

莎蒂往陸地的方向望去。她睜大雙眼。「噢……是的。往暴風的方向去，這倒是新鮮事。」

安娜貝斯順著她的目光看過去。她的目光越過地鐵鐵軌，卻什麼都沒看到，只見一棟廢棄的公寓大樓被柵欄圍住，在午後的天空下顯得分外淒涼。「什麼暴風？」

「你沒看到嗎？」莎蒂問。「等等。」她解下靴子上纏住的背包，在補給品中東翻西找。她拿出另一個陶瓶，瓶身又短又寬，很像裝面霜的罐子。她拉開蓋子，挖出某種粉紅色的黏稠物。

「讓我把這個抹在你的眼皮上。」

「哇，聽起來讓人想要自動說不啦。」

「別緊張兮兮的，這完全無害……嗯，對魔法師來說是這樣啦，用在混血人身上大概也很安全。」

安娜貝斯不太放心，但還是閉上眼睛。莎蒂幫她抹上黏糊糊的東西，很像擦了薄荷膏那樣有點刺刺、燙燙的感覺。

「好了，」莎蒂說：「你現在可以看了。」

安娜貝斯睜開眼睛，倒抽一口氣。

整個世界像被淹沒在五顏六色的水中，陸地呈半透明，凝膠層一層接一層進入黑暗中。發亮的薄幕在空氣中波動，每一片薄幕都在飄，但彼此步調不同，彷彿多部高畫質影像層層堆疊在一起。象形文字和希臘字母在她身邊旋繞，兩種文字相撞時先融合起來又爆炸。安娜貝斯感覺自己像正在觀看原子等級的世界。一切隱形的事物都原形畢露，以魔法光線繪製出來。

「你……你一直都看到這種景象嗎？」

莎蒂哼了一聲。「埃及的神啊，才不是呢！要是這樣我會發瘋的。我必須專心去看杜埃。那就是你正在做的事——凝視世界的魔法面。」

「我……」安娜貝斯說不出話來。

安娜貝斯通常是個很有自信的人。不論何時與一般凡人對談，她都因為自己擁有祕密知識而洋洋自得、充滿篤定。她了解天神與怪物的世界。凡人對這些一點概念都沒有。就連和其他混血人在一起時，安娜貝斯幾乎總是最資深老到的一員。她所做過的事，遠多過大部分混血人夢想去做的，而且她還活了下來。

現在，安娜貝斯看著這個變換移轉的彩色光幕，感覺自己像是又變回一個六歲的小女孩，正在學習自己所處的世界是有多麼可怕危險。

她重重坐在沙地上。「我不知道該做何感想。」

「別去想。」莎蒂建議。「深呼吸。你的眼睛會適應。這比較像是游泳。如果你讓身體自己去游，你直覺就知道該做什麼。害怕驚慌的話，會溺水喔。」

安娜貝斯試著放鬆。

她開始辨識空氣中的不同樣式：氣流在一層層真實面之中流

動；汽車和樓房流洩出魔法蒸氣雲；地鐵失事處發出綠光；莎蒂身上有著金色光環，像是翅膀的朦朧羽毛開展在她身後。

在犬怪之前所躺的位置，地面悶燒得有如燃燒的木炭。一道道赤紅煙霧從那裡蜿蜒飄散，跟隨著怪物逃走的方向。

安娜貝斯專注看著遠處的廢棄公寓大樓，心跳加快。大樓從裡面散發著著紅光，光線自釘著木板的窗戶間流洩，從崩落的牆壁縫隙間竄了出來。烏雲在頭上環繞，更多紅光能量從各個方向流往大樓，彷彿被吸入中心點一樣。

這幅景象讓安娜貝斯想起了卡律布狄斯，那是她曾經在妖魔之海碰上的吸入型漩渦怪物。那不是一段快樂的回憶。

「那棟公寓大樓，」她說：「正在從各地吸入紅光。」

「完全正確，」莎蒂說：「在埃及魔法中，紅色是不好的顏色。它代表邪惡和混沌。」

「所以那裡就是犬怪要去的地方，」安娜貝斯猜測：「要和權杖的另一部分合為一體……」

「還要找到牠的主人，我敢打賭是這樣。」

安娜貝斯知道自己該站起來。她們動作要快。但是看著一層層旋轉的魔法層，她害怕移動。

她這一輩子都在學習有關迷霧的事，這是一道將凡人世界與希臘怪物及天神世界劃分開來的魔法界線。但是她從未把迷霧想像成一塊真正的簾幕。

剛剛莎蒂叫它什麼……杜埃？

安娜貝斯猜想，迷霧與杜埃是否彼此有所關連，或者根本是一樣的東西？她所看見的布幕數量太多了，像是折了上百次的織錦畫布。

她不相信自己可以站起來。**害怕驚慌的話，會溺水喔**。

莎蒂朝她伸出手，眼裡充滿同情。「聽我說，我知道事情來得太多讓你無法消化，但沒有改變任何事。你還是那個用背包出擊的堅強混血人，永遠不變。現在你還多了一把漂亮短刀。」

安娜貝斯感覺血液竄升到臉上。替別人打氣的通常是她。

「對，當然是。」她抓住莎蒂的手。「我們去找那個神。」

大樓被鐵絲網圍籬圍了起來，她們從一道裂縫間擠進去，小心翼翼地通過長滿刺刺茅草和布滿碎裂水泥塊的空地。

安娜貝斯眼睛上的魔法黏稠物似乎效力漸漸消退，世界看起來不再這麼層層疊疊，也不再繽紛燦爛，但對她來說無所謂。她不需要特殊視覺就知道這棟大樓滿溢邪惡魔法。

再靠近一點，窗戶上的紅光更加耀眼四射。夾板晃動；磚牆隆隆作響；小鳥和火柴人圖案的象形文字在空中成形，飄進屋裡。就連牆上的塗鴉似乎都在震動，彷彿這些符號也想活過來。

不管這棟大樓裡有什麼，那股力量也在拉扯安娜貝斯，就像之前地鐵列車上的小蟹一樣。

她握緊自己那把新的青銅刀，發現不但太小也太短，防禦力不夠，但這也正是安娜貝斯**喜歡**短刀的原因，就是能夠讓她集中心力。雅典娜的孩子在可以運用智慧的時候，永遠都不該仰賴刀劍。獲得勝利靠的是聰明才智，而非蠻橫武力。

不幸的是，安娜貝斯的聰明腦袋此刻不太管用。

當她們爬向大樓，她喃喃說著：「真希望我知道我們要對付的是誰。我喜歡先研究清楚，用知識來武裝我自己。」

莎蒂咕噥著說：「你的口氣聽起來很像我哥。你告訴我，通常怪物發動攻擊前，會給你時間去優雅地 Google 牠們一下嗎？」

「從來沒有。」安娜貝斯承認。

「那就對啦。卡特呢，他很愛在圖書室待上好幾個鐘頭，去搜尋並詳讀每一個我們可能碰上的惡魔敵人資料，並標記出重點，做成摘要卡片讓我研讀。可惜，在惡魔攻擊的時候，牠們不會給我們任何警告，牠們幾乎都懶得表明身分。」

「那麼你的標準操作程序是什麼？」

「向前走，」莎蒂說：「隨機應變。有必要的話，把敵人炸成碎片。」

「太好了。你和我的朋友們一定合得來。」

「我把這句話當作是讚美。你想，會是那扇門嗎？」

幾道階梯通向一處地下室入口。入口的門上橫釘著一條薄木板條，像是不很刻意地阻擋外人闖入，但這扇門又微微敞開。

安娜貝斯打算提議去偵察一下四周環境。她不相信可以這麼簡單就進去，但是莎蒂沒等她。這個年輕魔法師快步走下階梯，溜進屋裡。

安娜貝斯別無選擇，只能跟上去。

結果，假使她們是從其他的門進去，肯定會沒命。

大樓的內部整個是洞穴式結構，有三十層樓高，一個由磚塊、水管、木板及其他碎石瓦礫組成的大漩渦繞著轉個不停，還伴隨著發光的希臘字母、埃及象形文字和一道道紅色霓虹能量光束。這幅景象既可怕又美麗，彷彿是一個內部發光的龍捲風被抓來作為永久的展示品。

因為她們是從地下室進入，莎蒂和安娜貝斯可以在低矮的樓梯間找到掩護，有點像是躲在混凝土做的壕溝中。假如她們是從地面一樓的地方進入暴風之中，她們會被撕成碎片。

在安娜貝斯的注視下，一根扭曲的鋼梁以賽車的速度飛過頭頂。數十塊磚塊有如一群魚般快速通過。一個火紅的象形文字撞上一塊正在飛的夾板，木板就像面紙一樣起火燃燒。

「在那上面。」莎蒂輕聲說。

她指著大樓上面，第三十層樓還有一部分沒有被摧毀，在整片空無之中突出一塊搖搖欲墜的平台。透過旋轉盤繞的斷垣殘壁和紅色霾霧很難看清什麼，但安娜貝斯可以看出一個壯碩的人形正張開雙臂站在那塊危險平台上，彷彿在歡迎暴風來到。

「他在做什麼？」莎蒂小聲說。

安娜貝斯縮了一下，因為有個螺旋銅管從她頭上幾公分處飛旋過去。她凝視碎片，開始像之前觀察杜埃那樣注意眼前事物的不同形式：一道漩渦裡的夾板和釘子結合在一起，形成一個平台外框；一堆磚塊如同樂高積木分派組裝，創造出一個弧形。

「他在建造東西。」她明白了。

「建什麼？建造災難嗎？」莎蒂問。「這個地方讓我想起混沌之境。相信我，那絕對不是我喜歡的度假地點。」

安娜貝斯看了一眼。她很好奇混沌對埃及人的意義是否和希臘人一樣？安娜貝斯曾經在混沌底下死裡逃生，假如莎蒂也曾經在那裡的話……嗯，魔法師實際上一定比她看起來還要堅強。

「這個風暴不全然是隨機產生，」安娜貝斯說：「看見那裡了嗎？還有那裡？一件件材料正在組合起來，在大樓上形成某種結構體。」

莎蒂皺著眉。「在我看來像是攪拌機裡擺了磚塊。」

安娜貝斯不確定該怎麼解釋，但她已經研究工程和建築很久了，能看出細節。這些銅管如同循環系統裡的動脈和血管那樣在重新連接。一塊塊老舊牆壁的部分正在洗牌重組，形成一道新的拼圖。偶爾還有外牆磚塊和梁柱剝落下來，加入龍捲風的行列。

她說：「他在拆房子。不知道外層的牆壁還能支撐多久。」

莎蒂低聲咒罵。「請不要告訴我他在蓋金字塔。蓋什麼都行，就是別蓋金字塔。」

安娜貝斯很納悶為什麼埃及魔法師會討厭金字塔，但她搖搖頭。「我猜那是某種圓錐形高塔。要確定是蓋什麼東西，只有一個方法。」

「去問蓋房子的人。」莎蒂抬頭注視第三十樓剩餘的部分。

在邊緣平台上的那人沒有移動，但安娜貝斯可以發誓他的體型變大了。紅光環繞在他四周，他的暗影看起來像是戴著林肯總統風格的高帽子。

莎蒂背起背包。「那麼，如果說，他就是我們的那位祕密天神，哪裡……」

就在這時候，一陣三部嚎叫曲劃破喧嘩之聲，一組金屬門在大樓另一端炸開，寄居蟹怪物飛奔進入。

更糟的是，這隻怪物的狼、獅、犬三顆頭現在全到齊了。牠的長形螺旋狀蟹殼閃耀著希臘文字和埃及象形文字。怪物完全無視飛來飛去的碎石瓦礫，用六隻前腳爬了進來，然後往空中一躍。暴風將牠帶了上去，盤旋在混沌之間。

「牠去主人那裡了，」安娜貝斯說：「我們必須阻止牠。」

「好極了，」莎蒂抱怨著，「這會耗盡我的力氣。」

「什麼東西會耗盡你的力氣？」

莎蒂舉起魔杖，說了一聲：「那達。」

一個發亮的金色象形文字出現在她們頭上。

突然間，一個光環圍繞住她們。

安娜貝斯背脊發癢。她以前曾被這種防護泡泡包在裡面過，當時她和波西、格羅佛用魔法珍珠逃離冥界。那次的經驗……讓她很有密室恐懼感。

「這會保護我們不受暴風傷害嗎？」她問。

「但願如此。」莎蒂的臉上現在滿是汗水。「走吧。」

她帶頭走上樓梯。

她們的防護罩立刻受到了考驗。一個飛在空中的廚房流理台原本會讓她們身首異處，但是碰上莎蒂的防護力場便應聲破裂。一塊塊大理石在她們四周盤繞，沒有傷害到她們。

「很好，」莎蒂說：「現在你握住魔杖，我要變成鳥。」

「等等，你說什麼？」

莎蒂翻了一下白眼。「我們要隨機應變，記得嗎？我會飛到上面阻止權杖怪物，你試著去引開那個……不管他是什麼神。讓他把注意力放在你身上。」

「好，但我不是魔法師，不能維持咒語。」

「只要你使用魔杖，防護罩就可以撐幾分鐘。」

「但是你怎麼辦？如果你不在防護罩裡面……」

「我有個主意，或許會管用。」

莎蒂從包包裡撈出一樣東西，是一個小小的動物塑像。她的手指環繞住塑像，然後開始變身。

安娜貝斯以前看過人變身成動物，但觀看的過程向來不太舒服。莎蒂的體型縮小為原來的十分之一。她的鼻子變長成鳥喙，頭髮、衣服和背包化為一身光滑的羽毛。她變成一種小型猛禽，或許是鳶吧。她的藍眼珠現在變為耀眼的金色。莎蒂的爪子仍緊抓著小土偶，她展翅衝入暴風之中。

一團磚塊撞向莎蒂，讓安娜貝斯皺起了眉頭，但不知為何這些碎片直接穿過莎蒂，沒有讓她變成一碗羽毛濃湯。莎蒂的形體發亮，彷彿在深層海水中行進。

安娜貝斯發現，莎蒂是在杜埃裡，在現實的不同層面飛行。

這個念頭使安娜貝斯心裡燃起許多可能性。假如混血人能夠學會那樣通過牆壁、直接穿過怪物的話……

但這件事改天再說吧。現在她必須行動。她衝上階梯，進入漩渦。鐵條和銅管撞在她的力場上發出匡啷聲。每次金色保護球彈開碎片，閃光就變得更加黯淡。

她一手高舉莎蒂的魔杖，另一手拿著新的短刀。在魔法洪流之下，神界青銅刀有如快熄滅的火把一般。

「喂！」她朝上面的平台大喊：「天神先生！」

沒有回應。她的聲音可能無法越過暴風傳過去。

大樓的結構開始發出隆隆聲。灰泥漿從牆壁流出，有如棉花糖一般在混和的物品中旋轉。

老鷹莎蒂還活著，她盤旋向上，朝著三頭怪物飛去。怪物現在離頂樓大約還有一半的距離。牠正在揮動獸腳，散發的光芒愈來愈亮，彷彿吸收了龍捲風的力量。

安娜貝斯快要沒時間了。

她在記憶中搜尋，從古老的神話或奇戎在混血營裡所告訴過她最不著名的故事之中篩選過濾。在她年紀還小的時候，她一直像一塊海綿一樣吸收著每一個事實和名字。

三頭權杖。埃及的亞歷山卓之神。

她想到了天神的名字。至少她希望自己是對的。

身為混血人，她所學到的第一件事是：**名字具有力量**。除非你想引起天神或怪物注意，否則永遠不要直呼他們的名字。

安娜貝斯深吸一口氣，以最大肺活量高喊：「塞瑞比斯！」

暴風速度減緩。大段的管子懸在半空中。滿是磚塊和木頭的雲層停止旋轉，高掛著不動。

三頭獸在龍捲風裡保持鎮靜，試圖站立。莎蒂從牠頭上俯衝，張開爪子，丟下塑像，塑像立刻變成一隻真實大小的駱駝。

這隻單峰駱駝撞上怪物的背。兩隻動物從空中滾落，頭和腳交纏糾結，雙雙摔落在地。權杖怪物繼續掙扎，但駱駝無力地攤開四肢，壓在怪物身上亂叫還吐口水，像是一個千斤重的學步兒在耍脾氣。

從三十樓的邊緣平台傳來一個男人低沉的聲音說：「是誰竟敢干擾我凱旋重生？」

「是我！」安娜貝斯大喊：「下來面對我！」

她不喜歡因為別人的駱駝而得到好處，但她想繼續讓天神將注意力放在她身上，這樣莎蒂就可以去……不管她決定要做什麼都行。這位年輕的魔法師顯然有些錦囊妙計。

塞瑞比斯神從平台上跳起來。他往下衝了三十層樓，雙腳落在地板中央，這個距離讓安娜貝斯可以輕鬆使出飛刀攻擊。

但她不想出手。

塞瑞比斯站起來有五公尺高，他只穿了一件夏威夷印花四角泳褲，身上肌肉隆起，青銅色皮膚上全是刺青，都是發亮的象形文字、希臘字母還有其他安娜貝斯認不出來的語言。

他的臉龐周圍都是又長又捲的毛髮，就像牙買加的拉斯塔法里教徒留的髮辮那樣。他的希臘式捲鬍子留到鎖骨的位置，雙眼是海洋般的青綠色，像極了波西的眼睛，這讓安娜貝斯感到一陣雞皮疙瘩。

通常她不喜歡蓄鬍子的傢伙，但她不得不承認這位天神的狂野衝浪大叔形象非常迷人。

然而，他的頭飾破壞了整體造型。那個安娜貝斯以為是大禮帽的東西，其實是個圓筒狀的柳條籃，上頭縫了三色堇圖案。

她說：「抱歉，請問你頭上戴的是花盆嗎？」

塞瑞比斯揚起濃厚的棕色眉毛。他拍拍頭，像是忘掉了那個籃子似的。幾粒麥穗從上面撒出來。「傻丫頭，那是莫迪斯王冠❶，是我的象徵符號之一！這個穀物籃代表的就是我所統治的冥界。」

「喔，是嗎？」

❶莫迪斯王冠（modius）是古埃及的圓柱形頭飾。由於這種頭飾造型與羅馬人用來秤量穀物的籃子「莫迪斯」很相近，因此學者便以這個計量用的籃子稱呼它。

「那當然！」塞瑞比斯惡狠很地瞪著她。「或者該說是以前統治過，而我很快會再次掌控冥界。但你是什麼人？竟然批評我的時尚選擇。從你的味道聞起來，是個希臘混血人，還帶著一把神界青銅武器及一根生命之屋的埃及魔杖。你是什麼身分？是英雄？還是魔法師？」

安娜貝斯雙手顫抖。不管是不是花盆帽，塞瑞比斯都散發出力量。安娜貝斯站得離她很近，她感覺體內軟弱無力，彷彿她的心、胃和勇氣都在融化。

她心想：「你好好控制自己。你以前見過很多神。」

但塞瑞比斯不同。他的出現讓人感覺完全不對勁，彷彿他光是站在那裡就能讓安娜貝斯的世界天翻地覆。

大約在天神背後六公尺的地方，莎蒂烏降落變回人形。她向安娜貝斯比了些手勢，像是用手指比著嘴唇（「噓」），然後一隻手不停轉圈圈（「讓他繼續講下去」）。她開始安靜地翻找包包。

安娜貝斯不知道她的朋友在打什麼主意，但她強迫自己直視塞瑞比斯。「誰說我兩種身分都沒有？我既是魔法師，也是混血人！你現在解釋一下你在這裡的原因！」

塞瑞比斯臉色一沉。然後，出乎安娜貝斯意料的是，他仰頭大笑，更多穀粒從他的莫迪斯王冠撒出來。「我懂了！你想要讓我留下深刻印象是嗎？你以為你有資格當我的首席女祭司？」

安娜貝斯嚥了一下口水。面對這種問題只有一個答案。「我當然有資格！唉呀，我以前曾經是雅典娜教派的祭司長！但是你有資格得到我的服侍嗎？」

「哈！」塞瑞比斯咧齒一笑。「雅典娜教派的祭司長是吧？我們來瞧瞧你有多麼堅強。」

他的手輕彈了一下，一個浴缸從空中飛出，直接擊中安娜貝斯的力場。陶瓷浴缸一碰到金球就爆炸成碎片，但莎蒂的魔杖變得很燙，安娜貝斯必須放開它。白色木頭燒成了灰燼。

「好極了，」她心想：「才兩分鐘，我就毀了莎蒂的魔杖。」

她的防護力場消失。面對一個五公尺高的神，她身上只有平常使用的武器——一把短刀和強烈的迎敵心態。

在安娜貝斯左邊，三頭獸仍舊掙扎著想從駱駝底下爬出來，但駱駝很重、很固執，而且很不協調。每一次怪物試圖推開駱駝，駱駝就很開心地放屁，並且把腿伸得更開。

在此同時，莎蒂從背包拿出一枝粉筆。她在塞瑞比斯身後振筆疾書，大概是在寫一篇優美的墓誌銘，紀念她們即將沒命。

安娜貝斯想起她的朋友法蘭克曾經和她分享過的一句話，是《孫子兵法》裡的概念。

「**虛則實之**。」指的是虛弱時要表現出堅強的一面。

安娜貝斯直挺挺地站著，當著塞瑞比斯的面笑了起來。「塞瑞比斯殿下，儘管朝我扔東西吧。我甚至不需要魔杖來防禦。我的力量太強大了！或許你不想浪費我的時間，那就告訴我該怎麼服侍你，**假設**我同意當你的新任首席女祭司的話。」

天神的臉因為憤怒而發亮。

安娜貝斯確定他會把整個碎片殘骸龍捲風全扔在她身上，而她絕對不可能阻止得了。她在考慮要將短刀射進天神的眼睛，她朋友瑞秋曾用這方法分散泰坦巨神克羅諾斯的注意力，但安娜貝斯不信任自己的瞄準能力。

最後，塞瑞比斯對她歪嘴而笑。「丫頭，勇氣可嘉。我讚許你這點，而且你的確匆匆忙忙來找我。或許你能服侍我。在許多人之中，你會成為將力量、生命和靈魂獻給我的第一人！」

「聽起來很有趣。」安娜貝斯瞄了一眼莎蒂，希望她趕快完成她的粉筆畫作。

塞瑞比斯說：「不過首先，我一定要有我的魔杖！」

他對著駱駝比了個手勢。一個紅色象形文字在動物毛皮上亮起，可憐的單峰駱駝放了最後一個屁之後，化為一堆沙子。

三頭怪物用前腳站立，抖掉身上的沙子。

「等一下！」安娜貝斯大喊。

怪物的三顆頭向她咆哮。

塞瑞比斯面露不悅。「丫頭，又有什麼事？」

「那個，我應該……你知道的，作為你的首席女祭司，我要將魔杖獻給你！我們應該照規矩來！」

安娜貝斯撲向怪物。權杖太重，她拿不起來，但她將短刀插在腰帶上，用兩手抓住怪物的圓錐形蟹殼底部，並往後拉離天神遠一點。

同時，莎蒂在水泥地上畫了一個呼拉圈大小的大圓圈。她現在正用數種不同顏色的粉筆書寫象形文字來裝飾這個圓。

安娜貝斯沮喪地心想：「你當然可以慢慢來，把圓圈畫得漂亮點！」

她抓住仍努力往前爬的權杖怪物，勉強對塞瑞比斯微笑。

安娜貝斯說：「好了，殿下，請告訴我你的偉大計畫！是有關靈魂和生命的事嗎？」

權杖怪物嚎叫抗議，大概是因為牠能看見莎蒂躲在天神後面進行她最高機密的人行道藝術創作。塞瑞比斯似乎沒注意到。

「你看著吧！」他張開肌肉發達的手臂說：「這是我力量的新中心！」

紅色火花從暫停不動的漩渦射出。一個光網連結了所有的點，安娜貝斯終於看到塞瑞比斯所蓋東西的結構輪廓正在發光。那是一座高約九十公尺的巨塔，是三層錐狀設計，有正方形底部、中間層是八邊形，還有一個圓形頂層。最頂端燃燒著火焰，和獨眼巨人的鍛鐵熔爐一樣耀眼。

「燈塔，」安娜貝斯說：「亞歷山卓的燈塔。」

「的確是啊，我年輕的女祭司。」塞瑞比斯像是正在上課的老師一樣來回踱步，不過他的印花短褲很令人眼花繚亂。他的柳條籃帽一直左右傾斜，撒出穀物。他不知怎麼沒注意到莎蒂就蹲在他後面，正在用粉筆速寫美麗的圖畫。

「亞歷山卓！」天神大喊：「曾經是全世界最宏偉的城市，是希臘與埃及兩國力量的最終融合統一！我曾是那裡至高無上的神，而我現在已經重新崛起。我將在此創造我的新首都！」

「呃……在洛克威海灘？」

塞瑞比斯停下來，撥了撥鬍子。「你說的有道理。那個名字不行。我們就稱這個地點……『洛克山卓』如何？還是『塞瑞比威』？嗯，我們之後會想到的！我們的第一步是要完成我的新燈塔。這將是世界的烽火明燈，就像從前一樣吸引古希臘和埃及的眾神來此向我朝拜。我將吸收他們的精華，成為眾神中最有力量的神。」

安娜貝斯感覺像是吞了一大匙鹽巴。「吸收他們的精華？你的意思是要消滅他們？」

塞瑞比斯揮揮手，不理會她。「『消滅』真是個骯髒的字眼。

我比較喜歡說『收編融合』。你了解我的歷史吧？我希望是這樣。當亞歷山大征服埃及……」

「他試圖結合希臘和埃及的宗教信仰。」安娜貝斯說。

「他試過但失敗了。」塞瑞比斯笑著說：「亞歷山大選擇了埃及太陽神阿蒙作為他的主神。結果不太好。希臘人不喜歡阿蒙，尼羅河三角洲的埃及人也不喜歡他；他們認為阿蒙是上游的神。不過亞歷山大死了之後，他的將軍接管了埃及。」

「是托勒密一世。」安娜貝斯說。

塞瑞比斯露出微笑，顯然很滿意。「對……托勒密。那才是一個有遠見的凡人！」

安娜貝斯得全心全意才能不看莎蒂，而莎蒂現在已經完成魔法圈，她用手指碰觸象形文字，喃喃自語像在啟動這些符號。

三頭杖怪物不滿地咆哮。牠試圖往前衝，安娜貝斯差點拉不住牠。她的手指漸漸無力。怪物的光環噁心得不得了。

「托勒密創造了一位新天神，」她說，努力克制自己，「他創造了你。」

塞瑞比斯聳聳肩膀。「嗯，他倒也不是無中生有。我曾經是個小村神，甚至沒人聽過我的大名！但是托勒密發現我的雕像，並且帶到亞歷山卓。他有希臘和埃及的祭司占卜唸咒，進行諸如此類的儀式。他們全都同意我是偉大的塞瑞比斯神，我應該受人膜拜，地位在其他天神之上。我立刻竄紅，身價暴漲！」

莎蒂在她的魔法圈裡站起來。她解開她的銀項鍊，當成套索那樣開始揮動。

三頭怪物怒吼不已，大概是在警告主人：「小心！」

但是塞瑞比斯正在興頭上。在他說話的當下，他身上的象形文字和希臘文刺青變得更加閃亮。

「我成為希臘人和埃及人最重要的天神！」他說：「隨著愈來愈多人膜拜我，我吸取了年長天神的力量。我緩慢但穩紮穩打地取代了他們。冥界？我成為冥界的主人，取代了黑帝斯和俄塞里斯。護衛犬色柏洛斯轉變成我的權杖，也就是你現在握住的那個。牠的三顆頭顱分別代表過去、現在和未來。當權杖回到我手裡，我將能控制這一切。」

天神伸出手來。怪物奮力要接近他。安娜貝斯手臂肌肉疼得發燙。她的手指開始鬆動。

莎蒂還在搖晃她的護身符，喃喃唸咒。

安娜貝斯想：「神聖的黑卡蒂啊，唸個蠢咒到底要多久？」

她與莎蒂四目相接，看見莎蒂眼中傳達的訊息：「撐著，只要再幾秒就好。」

安娜貝斯不確定自己是否還有幾秒的時間。

「托勒密王朝……」她咬牙切齒地說：「感覺是好幾世紀前的事了。你的教派已經被人遺忘，你怎麼現在又返回人間？」

塞瑞比斯嗤之以鼻。「那不重要。喚醒我的人……他有誇大妄想症。他以為在《透特書》發現一些古老符咒就能控制我。」

在天神背後，莎蒂退縮了一下，彷彿雙眼之間被揍了一拳。

顯然這本《透特書》擊中了莎蒂心中的某個點。

「你聽我說，」塞瑞比斯繼續說：「在那時候，托勒密國王認為讓我當主神還不夠，他還想要永生不死。他宣稱自己是神，但是他的魔法弄巧成拙。在他死後，他的家族世世代代受到詛咒。托勒密家族變得愈來愈虛弱，最後那個傻女孩克麗奧佩特拉自殺，把所有一切全給了羅馬人。」

天神冷笑。「凡人哪……總是貪得無厭。這次喚醒我的魔法師自認能做得比托勒密更好。讓我重生再起只是他混合希臘與埃及魔法的實驗之一。他想要把自己變成神，但是他超過自己的極限。我現在已經醒過來了。我將控制宇宙。」

塞瑞比斯以明亮的綠色眼睛盯住安娜貝斯。他的五官特徵似乎在移動變換，令安娜貝斯想起許多不同的奧林帕斯天神：宙斯、波塞頓、黑帝斯。他的微笑有某些地方甚至令安娜貝斯想起自己的母親雅典娜。

塞瑞比斯說：「小混血人，你好好想一想，這座燈塔會吸引眾神有如飛蛾撲火般前來找我。一旦我用盡他們的力量，我將建立一座偉大的城市。我會建蓋新的亞歷山卓圖書館，具備希臘和埃及兩方古代世界的知識。你身為雅典娜之女，應當會欣賞這一點。作為我的大祭司，想一想你將會擁有的力量！」

一座新的亞歷山卓圖書館。

安娜貝斯無法假裝這個主意讓她毫不激動。當時那座圖書館起火燃燒，有多少古代世界的知識遭到摧殘。

塞瑞比斯一定看見她眼中的渴望。

「對。」他伸出手。「丫頭，說太多了。把權杖給我！」

「你說得對，」安娜貝斯聲音沙啞地說：「說得夠多了。」

她抽出短刀，用力刺向怪物的蟹殼。

這麼多事情有可能出差錯。大部分也的確出了差錯。

安娜貝斯希望刀子能夠劈開蟹殼，或者甚至能殺死怪物。相反的，刀子只劃開一小道裂縫，從裂縫中噴出紅色的魔法，滾燙得如同一道岩漿。安娜貝斯踉蹌後退，眼睛刺痛不已。

塞瑞比斯怒吼：「**叛變！**」權杖怪物淒厲嚎叫，胡亂晃動，三個頭想要找到插在背上的刀，卻白費力氣。

同時間，莎蒂唸出咒語。她拋出銀項鍊，大喊：「切特！」墜子爆炸，出現了一個巨大的銀色象形文字，像一具透明棺木將天神包圍在其中：

塞瑞比斯咆哮著，雙臂被固定在身體兩旁不動。

莎蒂大喊：「我命名你為塞瑞比斯，亞歷山卓之神！是……呃，怪帽和三頭權杖之神！我以艾西絲的力量束縛你！」

碎片從空中掉落，砸在安娜貝斯四周。她閃過一面磚牆和一個保險絲盒。接著她發現受傷的權杖怪物正爬向塞瑞比斯。

她衝往那個方向，結果被一塊掉落的木頭砸到頭。她重重摔在地上，頭骨痛得不得了，馬上就被埋在更多掉落的碎片中。

她顫抖地吸了口氣。「噢，噢，噢。」

至少她不是被埋在磚塊底下。她從一堆夾板中踢出一條路，從襯衫上拔出一根約十五公分長的木頭碎片。

怪物成功抵達了塞瑞比斯的腳邊。安娜貝斯知道自己應該要刺殺怪物其中一顆頭才對，但她就是下不了手。她遇到動物總是會心軟，就算牠們是想殺掉她的其中一個邪惡魔法生物。而現在已經太遲了。

天神伸展他的健壯肌肉，困住他的銀色監牢瓦解了。三頭權杖飛入他的手裡，塞瑞比斯轉向莎蒂・凱恩。

她的防護圈在一陣紅色煙霧中消散。

「你想要束縛我？」塞瑞比斯大喊：「你想要命名我？小魔法師，你甚至不知道用適當的話來命名我！」

安娜貝斯蹣跚往前走，但她的呼吸很淺。現在塞瑞比斯握有權杖，他光環的力量感覺增強了十倍。安娜貝斯的雙耳嗡嗡叫。她的腳踝變得無力。她可以感覺到自己的生命力被一點一滴吸走，被抽進天神的紅色光圈裡。

不知為何，莎蒂站在原地不動，臉上毫無畏懼。「好，穀片碗之王。你想要適當的話是吧？哈—迪！」

一個新的象形文字出現在塞瑞比斯臉上。

但是天神用另一手將這個字從空中抹開。他握緊拳頭，手指間冒煙，彷彿他才剛捏碎一個蒸氣機模型。

莎蒂倒抽了口氣。「那是不可能的。怎麼會……」

「你以為會爆炸嗎？」塞瑞比斯大笑。「孩子啊，抱歉讓你失望了，但是我的力量結合了希臘和埃及兩方。我同時結合、消耗、取代了兩方的力量。我猜你很受艾西絲寵愛吧？太好了。她曾經是我的妻子。」

「什麼？」莎蒂大喊：「不！不，不，不。」

「喔，是的沒錯！當我罷黜了俄塞里斯和宙斯，艾西絲被迫臣服於我。現在我要利用你做為一個召喚她前來的通道，並且將她綁起來。艾西絲會再次成為我的王后！」

塞瑞比斯揮出權杖。三頭怪物的嘴巴都噴出紅色光束，有如帶刺樹枝盤繞住莎蒂。

莎蒂尖叫，安娜貝斯終於從驚嚇中恢復過來。

她抓了一塊離她最近的三夾板（一塊搖晃的板子，大約是一面盾牌大小），努力回憶她在混血營裡上過的終極飛盤課。

「喂，穀粒頭！」她大喊。

她扭轉腰，使出全身力氣。三夾板飛過空中，就在塞瑞比斯轉過來看她時，板子的邊緣砸中他雙眼之間。

「啊！」

安娜貝斯躲到一旁，塞瑞比斯盲目地拿著權杖朝她的方向亂刺。三個怪物頭噴射出超級燙的煙柱，在安娜貝斯剛才所站的地方熔出了一個洞。

她繼續移動，從現在散落地上的一堆堆碎片殘骸中找路。她衝去躲在一堆破裂的馬桶後方，天神權杖往她的方向射出另一道三柱熱氣，因為距離很近，她感覺後頸冒出了水泡。

安娜貝斯發現莎蒂大約站在三十公尺外的地方，她腳步踉蹌地遠離塞瑞比斯。不過至少她還活著。安娜貝斯知道她需要時間復原。

「喂，塞瑞比斯！」安娜貝斯從堆得像山一樣高的衛浴設備後面大喊。「三夾板好不好吃？」

「雅典娜之女！」天神怒吼。「我會吸乾你的生命力！我會用你來消滅你那卑劣的母親！你自以為聰明嗎？你根本比不上那個喚醒我的人，就連他都不懂自己所釋放出來的力量。你們沒有一個人會得到永生不死的王冠。我掌控過去、現在和未來。單憑我自己就能統馭眾神！」

安娜貝斯心想：「謝謝你的長篇大論。」

等到塞瑞比斯轟掉安娜貝斯所在之處，把馬桶變成一堆陶瓷碎屑時，她早已爬過半個房間。

她正在找尋莎蒂的時候，這個魔法師突然從藏身處出現，大約只離她三公尺。她大叫說：「蘇發！」

安娜貝斯轉身，在塞瑞比斯後方的牆壁上，大約在六公尺高的地方，出現一個新的象形文字：

灰泥碎裂。大樓的一側發出轟隆隆的聲音，這時塞瑞比斯尖叫：「不！」整面牆壁以一陣磚塊大浪的形式坍塌在他身上，將他埋在千噸重的斷垣殘壁底下。

安娜貝斯被一陣灰塵嗆到。她的眼睛刺痛。她感覺像是在電鍋裡被煮到半熟，但是她搖搖晃晃走到莎蒂旁邊。

年輕魔法師全身覆蓋著一層石灰粉，看起來像是在糖粉裡打滾過。她凝視自己在大樓一側所弄出的大洞。

「那招有用。」她喃喃地說。

「真天才。」安娜貝斯緊握她的肩膀。「那是什麼咒語？」

「『鬆開』的意思，」莎蒂說：「我猜想……嗯，讓東西掉落通常比讓東西合在一起容易。」

像是在附和她的意見般，大樓剩餘的外牆發出嘎吱聲，並隆隆作響。

「快走吧，」安娜貝斯握住莎蒂的手，「我們必須快離開這裡。這些牆壁……」

地基搖晃著。瓦礫底下傳來悶悶的隆隆聲。一道道紅光從碎屑堆的縫隙裡射出。

「噢，拜託！」莎蒂抗議。「他還活著嗎？」

安娜貝斯心頭一沉，卻不驚訝。「他是天神。永生不死。」

「那怎麼會……」

塞瑞比斯的手仍舊握緊他的權杖，穿過一堆磚塊和板子。怪物的三個頭朝各個方向噴出一道道熱氣。安娜貝斯的刀仍舊插在怪物殼上，深達刀柄之處，傷口的四周冒出熾熱火紅的象形文字、希臘字母以及英文的咒罵字眼。幾千年的髒話全都口無遮攔冒了出來。

安娜貝斯心想，這有如一條時間軸。

突然間，她心裡冒出一個念頭。「過去、現在、未來。他掌控這一切。」

「什麼？」莎蒂問。

「權杖是關鍵。」安娜貝斯說：「我們得除掉它才行。」

「對，可是……」

安娜貝斯拔腿跑向瓦礫堆。她的目光落在她的刀柄上，但她還是太慢了。

塞瑞比斯另一隻手臂掙脫，接著是頭。他的花籃帽破了，穀粒流洩出來。安娜貝斯的三夾板飛盤打斷他的鼻子，將他的雙眼打成烏青，留下有如浣熊眼的印子。

「殺了你！」他大吼，此時莎蒂再次大喊：「蘇發！」

安娜貝斯倉促撤退，塞瑞比斯尖叫：「不！」同時另一面三十層樓高的牆傾倒在他身上。

這些魔法一定讓莎蒂太費力了，她像布娃娃一樣癱倒下來。她的頭摔在地上之前，安娜貝斯及時接住她。當牆壁剩餘部分晃動並往內倒，安娜貝斯扶起這個小女生，將她帶到外面。

在大樓剩餘部分倒塌前，她總算順利逃出。安娜貝斯聽見一聲轟然巨響，但她不確定那是她身後的大破壞，還是她自己的頭骨因為疼痛和疲累而發出的迸裂聲。

她腳步蹣跚地走著，終於到了地鐵鐵軌邊。她將莎蒂輕輕放在草地上。

莎蒂的眼珠上吊翻白。她正喃喃說著含糊不清的話，皮膚燙得不得了。安娜貝斯努力克制著慌張感。魔法師的袖子冒著煙。

凡人也注意到有新的災害超過了地鐵事故。緊急救護車紛紛離開，前往倒塌的公寓大樓。新聞台直昇機在空中盤旋。

安娜貝斯好想大喊請求醫療協助，但在她開口之前，莎蒂猛地吸氣，眼皮跳動。

她吐出一小塊水泥，虛弱地坐起身來，凝視著她們剛才的小冒險所造成的一柱煙塵竄升到空中。

「好了，」莎蒂喃喃地說：「我們接下來要除掉什麼？」

安娜貝斯因放心而啜泣。「感謝眾神，你平安無事。你剛才真的在冒煙。」

「職業傷害。」莎蒂拍掉臉上的灰塵。「用了太多魔法，我可是會真的燒起來。這是我今天最接近自燃的一次。」

安娜貝斯點點頭。她一直都嫉妒莎蒂可以施行那些咒語，但她現在慶幸自己只是一個混血人。「你不能再用魔法了。」

「有一陣子不能用了。」莎蒂愁眉苦臉。「我想塞瑞比斯還沒被打敗吧？」

安娜貝斯凝視原本會是燈塔的地方。她想要認為天神已經離開，但她內心很清楚。她還是感覺到他的光環在擾亂這個世界，拉扯她的靈魂，榨乾她的精力。

「我們至少還有幾分鐘，」她猜測：「他會掙脫逃走。然後來追我們。」

莎蒂發出咕噥抱怨聲。「我們需要支援。可惜就算我找得到一條通道，也沒有足夠的精力打開。艾西絲也沒有回應我。她很清楚不要現身，免得被穀片碗公神吸走。」她嘆口氣。「我猜你的手機快速鍵上沒有其他混血人？」

「要是有的話……」安娜貝斯結巴。

她發現自己的包包還在肩上。為什麼剛剛整場打鬥下來都還沒掉？為什麼感覺這麼輕？

她把包包拿下來打開。建築書消失了，取而代之的是，在包包底層用錫箔紙包好的神食，大小和布朗尼蛋糕差不多，而在神食下面的是……

安娜貝斯的下唇顫抖。她拿出一樣很久沒帶在身上的東西：她那頂破舊的藍色紐約洋基棒球帽。

她望向陰暗的天空。「媽？」

沒有回答，但是安娜貝斯想不到其他解釋。她的母親給予她協助。一想到這點就激勵了她，但同時也令她害怕。該不會是雅典娜對這個狀況也投入了個人興趣，畢竟塞瑞比斯真的是一個重大威脅，不只是對安娜貝斯而言，對其他天神也是。

「這是一頂棒球帽。」莎蒂注意到。「那是好事嗎？」

「我……我想是吧，」安娜貝斯說：「上一次我戴著這頂帽子，魔法沒發生作用。但要是有用的話……我可能有個計畫。這次要輪到你來轉移塞瑞比斯的注意力。」

莎蒂皺眉。「我剛才有說我的魔法用完了嗎？」

「沒關係，」安娜貝斯說：「你的唬人、說謊、說人壞話的功力如何？」

莎蒂揚起眉毛。「別人常跟我說，那些是我最迷人的特質。」

「好極了，」安娜貝斯說：「那麼現在該是我教你一些希臘語的時候了。」

她們的時間不多。

安娜貝斯才剛教完莎蒂，先前倒塌的樓房就開始搖晃，斷垣殘壁往外爆炸，塞瑞比斯現身了。他厲聲怒吼，不斷咒罵。

受到驚嚇的急救人員紛紛逃離現場，但他們似乎沒注意到身高將近五公尺的天神大步離開廢墟。他那支三頭權杖噴著熱氣，向空中吐出紅色魔法紅光。

塞瑞比斯直接朝莎蒂和安娜貝斯的方向而來。

「準備好了嗎？」安娜貝斯問。

莎蒂吐出一口氣。「我有選擇嗎？」

「拿去。」安娜貝斯給了她一塊神食。「這是混血人的食物。也許能幫你恢復力量。」

「**也許能嗎？**」

「如果我能用你的療癒藥水，你應該也能吃神食。」

「好吧，乾杯。」莎蒂吃了一口，臉頰恢復了紅潤，雙眼轉為明亮。「吃起來就像我外婆做的司康。」

安娜貝斯微笑。「神食吃起來總像是你最愛的撫慰食物。」

「真可惜。」莎蒂又咬一口吞下。「外婆的司康每次都烤焦，而且很可怕。啊——我們的朋友來了。」

塞瑞比斯把路上擋住他的消防車踢開，笨重緩慢地朝鐵軌走來。他似乎還沒注意到莎蒂和安娜貝斯，但安娜貝斯猜他能夠感覺得到她們。他環視地平線，表情看來氣得想殺人。

「來吧。」安娜貝斯戴上她的洋基棒球帽。

莎蒂瞪大了眼睛。「做得好。你完全隱形了。你該不會開始發射火花吧？」

「為什麼我要那麼做？」

「噢……我哥有次用了隱形咒語，結果不太管用。總之，祝你好運。」

「也祝你好運。」

安娜貝斯衝到一邊，莎蒂揮舞雙臂大喊：「喂，塞瑞比斯！」

「你的死期到了！」天神大吼。

他快速向前，巨大的腳將柏油路踩出裂縫。

一如她們的計畫，莎蒂朝海灘的方向後退。安娜貝斯蹲坐在一輛廢棄的車子後面，等待塞瑞比斯通過。不管有沒有隱形，她都不想冒任何風險。

「來啊！」莎蒂嘲笑天神：「你這個過重的笨蛋鄉巴佬，你跑最快的速度就是那樣而已嗎？」

「吼！」天神衝過去，經過安娜貝斯的所在位置。

她跑在塞瑞比斯身後，而塞瑞比斯把莎蒂逼到浪潮邊。

天神舉起發亮的權杖，三顆怪物頭都噴出熱氣。「魔法師，你有沒有遺言要交代？」

「給你的嗎？當然有啊！」莎蒂轉動雙臂，可能是在施展魔法……也可能是功夫招式。

「米安娜、艾達、希阿！」她誦唸著安娜貝斯教她的句子。

「安……砰特、派森、愛爾給！」

安娜貝斯皺起眉頭。莎蒂的發音好糟。她第一句差不多算是說對了：「女神啊，憤怒引吭。」但第二句原本應該是：「在海裡，受苦受難。」結果莎蒂說的意思比較像是：「在海裡，受苦青苔！」

幸好，光是古希臘語的聲音就已經嚇到了塞瑞比斯。天神仍舊揮舞並高舉著他的三頭權杖。「你在……」

「艾西絲，聽我說！」莎蒂繼續說：「雅典娜，幫助我！」她劈哩啪啦誦唸更多句子，有些是希臘語，有些是古埃及語。

在此同時，安娜貝斯溜到天神後面，目光緊盯仍舊插在怪物殼上的短刀。要是塞瑞比斯能夠把權杖放低一點的話……

「阿法、貝塔、咖瑪！」莎蒂大喊：「蓋落司、司邦那柯丕塔。普瑞司拖！」她露出得意的笑容。「好了。你完蛋了！」

塞瑞比斯盯著她看，顯然是一頭霧水。他皮膚上的紅色刺青顏色黯淡，一些符號變成問號和悲傷臉孔圖案。安娜貝斯爬近他……現在距離他大約六公尺。

「完蛋？」塞瑞比斯問。「丫頭，你到底在說什麼？我準備要殺了你。」

「要是你殺了我，」莎蒂警告：「你會啟動把你送到遺忘之境的死亡連結！」

「死亡連結？沒有這種玩意兒！」塞瑞比斯放低權杖。三個獸頭現在與安娜貝斯的眼睛一樣高度。

她的心怦怦跳著。還剩大約三公尺距離。然後，要是她跳起來的話，或許能碰到短刀。她只有一次拔出來的機會。

權杖上的獸首似乎沒有注意到她。牠們咆哮，張嘴猛咬，朝四周噴出熱氣。狼、獅、狗，代表了過去、現在、未來。

要達到最大程度的傷害，她知道必須攻擊哪顆頭。

但是為何未來一定要用狗來代表？那隻黑色拉不拉多犬是三顆怪物中最不具威脅感的一個。牠大大的黃色雙眼和垂下的雙耳，在在讓她想起太多她認識的友善寵物。

「這不是真正的動物，」她告訴自己：「這是權杖的一部分。」

但當她進入攻擊距離，她的雙臂變得沉重。她不能毫無罪惡感地去看那隻狗。

「未來很好，」那隻狗似乎在說：「未來可愛又毛茸茸！」

假如安娜貝斯攻擊了拉不拉多犬的頭，要是她殺掉的是自己的未來——她要上大學的計畫、和波西一起訂的計畫……？

莎蒂還在說話。她的語調變得更尖銳。

莎蒂告訴塞瑞比斯：「我的母親露比．凱恩犧牲自己的生命將阿波非斯封印監禁在杜埃裡。我提醒你，是阿波非斯，比你還老好幾千年，而且力量比你更強大。所以如果你以為我會讓一個二等的天神掌管世界，你再好好想想吧！」

她聲音裡的憤怒可不是裝腔作勢，安娜貝斯突然很高興派莎蒂去鎮住塞瑞比斯。這個魔法師想要震懾他人時，可是會出乎意料地令人畏懼。

塞瑞比斯不安地移動身體。「我會毀了你！」

「祝你好運，」莎蒂說：「我已經用希臘和埃及的咒語將你束縛起來，力量大到會讓你的原子四散在星辰裡。」

「你騙人！」塞瑞比斯大喊。「我沒感覺到有任何咒語。就連召喚我的那個人都沒有這種魔法。」

安娜貝斯現在與黑狗面對面了。刀子就在頭上，但她體內每一個粒子都在反抗殺死這隻動物的念頭……殺了未來。

同時，莎蒂勉強勇敢大笑。「召喚你的那個人？你是說那個老騙子薩特納嗎？」

安娜貝斯不知道這個名字，但塞瑞比斯顯然曉得。在他四周的空氣有股熱浪流動。獅子怒吼。狼露出利牙。

「喔，沒錯，」莎蒂繼續說：「我和薩特納很熟。我猜他沒告訴你是誰讓他回到這世界上。他還活著，是因為我饒了他一命。你以為他的魔法很強大？接我這招試試。**現在就動手**。」

安娜貝斯內心翻騰。她發現莎蒂最後那句話是在說給她聽，而不是對天神說。她吹牛已經吹得沒力。她沒有時間了。

塞瑞比斯冷笑。「魔法師，你是在白費力氣啊。」

當他舉起權杖攻擊，安娜貝斯一躍而起。她的手握緊短刀刀柄，用力拔出。

「什麼？」塞瑞比斯大叫。

安娜貝斯發出嗚咽聲，將她的短刀深深插進狗的脖子裡。

她以為會發生爆炸。

結果刀子被吸進狗的脖子裡，就像是迴紋針被吸入吸塵器一樣。安娜貝斯差點來不及放開。

她翻滾到一旁逃脫，狗嚎叫不已，縮小、顫抖，最後在怪物蟹殼裡爆炸。塞瑞比斯怒吼，揮甩他的權杖，但似乎無法放開。

「你做了什麼？」他大叫。

「消滅你的未來，」安娜貝斯說：「沒有了未來，你什麼也不是。」

權杖裂開，而且燙到安娜貝斯感覺手臂上的毛都快燒起來了。她爬過沙灘，獅頭和狼頭被吸入殼內。整支權杖坍毀成天神手心裡的一顆紅色火球。

塞瑞比斯想甩掉權杖，但火球只是愈來愈亮。他的手指往內捲曲。他的手掌被燒光，整支手臂收縮蒸發，被吸進了火球。

「我不能死！」塞瑞比斯大喊：「我是你們兩個世界結合的巔峰！沒有我的指引，你們永遠拿不到王冠！你們全都會灰飛煙滅！你們會……」

火球熊熊燃燒，將天神吸入漩渦之中，接著一眨眼就消失不見，彷彿從未存在過。

「呃。」莎蒂說。

傍晚時分，她們坐在沙灘上看著潮汐，聽著身後傳來的救護車警笛聲。

可憐的洛克威。先是遇到颶風，然後在一天內碰到地鐵意外、樓房倒塌、四處踐踏的天神。有些社區永遠不得閒。

安娜貝斯喝了一口利賓納果汁，這是莎蒂從她在杜埃的「私人儲藏區」召喚出來的一種英國飲料。

「別擔心，」莎蒂向她保證，「召喚零食不是很難的魔法。」

安娜貝斯很口渴，利賓納果汁喝起來甚至比神飲還棒。

莎蒂似乎在好轉中。神食發揮了效用。她現在看起來只不過像是被一群騾子踩過，而不像站在死神門口。

波浪拍打在安娜貝斯的腳上，幫她放鬆，但遇見塞瑞比斯還是讓她感到不安。她的體內有陣嗡嗡鳴聲，彷彿全身的骨頭都變成了音叉。

「你剛才提到一個名字，」她想起來，「薩特納？」

莎蒂動了動鼻子。「說來話長。他是個邪惡的魔法師，死而復生。」

「我討厭邪惡的人死而復生。你剛才說……你放他走？」

「這個嘛，我哥和我需要他的幫忙，當時我們別無選擇。無論如何，薩特納帶著《透特書》逃走，那是全世界最危險的一本咒語大全。」

「所以薩特納用那裡面的魔法喚醒塞瑞比斯。」

「這很合理。」莎蒂聳聳肩。「我哥和你男朋友之前對付的那隻鱷魚怪物，叫索貝克之子……如果那是薩特納的另一個實驗，我也不意外。他想把希臘魔法和埃及魔法結合起來。」

過了這樣的一天，讓安娜貝斯很想把隱形帽戴回去，爬進洞裡，永遠沉睡。她拯救世界的次數已經夠多了。她不願再去想另一個潛在的威脅。但她無法忽視這些。她用手指撫摸洋基棒球帽的邊緣，思考為何她母親在今天把帽子交還給她，而且帽子的魔法恢復了。

雅典娜似乎在傳遞一個訊息：「永遠都會有無法直接面對的強大威脅。你還會再碰上這些祕密活動。你一定要謹慎應付。」

「薩特納想要當神。」安娜貝斯說。

來自海上的風突然間變冷，聞起來比較不像新鮮的海風，更像正在燃燒的廢墟。

「一個神……」莎蒂打個冷顫。「那個瘦巴巴的怪老頭，裹著一塊纏腰布、頂著貓王髮型。光用想的就覺得很恐怖。」

安娜貝斯試圖想像莎蒂所描述的人，然後決定不要想了。

安娜貝斯說：「假使薩特納的目標是永生不死，喚醒塞瑞比斯不會是他最後一次詭計。」

莎蒂大笑著，但不帶笑意。「噢，不。他現在只是在跟我們玩玩。先是索貝克之子……現在是塞瑞比斯。我敢打賭薩特納計畫了這兩件事，想看看會發生什麼事，想知道混血人和魔法師會作何反應。在他真正設法得到力量之前，他正在測試他的新魔法，試探我們的能力。」

「他不可能得逞的，」安娜貝斯充滿希望地說：「沒有人能夠光靠施咒就把自己變成天神。」

莎蒂的表情一點都不令人放心。「我希望你是對的。因為一個懂得希臘和埃及的魔法、能夠控制兩個世界的天神……我連想都不敢想像。」

安娜貝斯的胃翻攪得像是正在學一種新的瑜珈姿勢。在任何一場戰爭中，精密計畫比起光靠力量還更重要。假如這個薩特納策畫了波西和卡特與鱷魚的對戰；假如他精心安排塞瑞比斯的復甦，吸引莎蒂和安娜貝斯去對抗他……計畫如此縝密的敵人將會很難對付。

她把腳趾鑽進沙裡。「塞瑞比斯在消失前說：『你們永遠拿不到王冠。』我想他的意思是種比喻。後來我想起他提到托勒密一世，那個想變成神的國王……」

「永生不死的王冠，」莎蒂想起來了，「或許是雙王冠。」

安娜貝斯皺眉。「我不知道那個詞。你是說雙冠？」

莎蒂把字母拼出來。「這指的是埃及王冠，看起來比較像保齡球瓶。雙王冠不是很流行酷炫的造型，卻賦予法老神聖的力量。如果薩特納試圖重新創造老國王變神的魔法，我用五英鎊和一盤外婆的烤焦司康打賭，他一定會想找到那頂托勒密的王冠。」

安娜貝斯決定不要接受賭注。「我們一定要阻止他。」

「對。」莎蒂啜飲手上的利賓納果汁。「我會回布魯克林之家。等我先揍我哥一頓，教訓他為何沒把你們混血人的事告訴我之後，會派我們的研究員開始調查，看能找到多少有關托勒密的事。或許他的王冠目前正安放在某間博物館裡。」莎蒂咬唇。「雖然我真的很討厭博物館。」

安娜貝斯用手指劃過沙地。她想都沒想，就畫出了艾西絲的象形文字符號：切特。「我也會一起調查。我在黑卡蒂小屋的朋友可能懂托勒密的魔法。或許我可以請我媽給我建議。」

想到自己的母親令她感到不安。

今天，塞瑞比斯差一點就奪走安娜貝斯和莎蒂的命。他威脅要以她們當作大門，來引誘雅典娜和艾西絲走向毀滅。

莎蒂眼神猛烈，彷彿在想同樣的事。「我們不能任由薩特納繼續實驗下去。他會把我們兩邊的世界四分五裂。我們得找到這頂王冠才行，否則……」

她瞄了一眼天空，聲音顫抖。「啊，我的車來了。」

安娜貝斯轉身。她一度以為是阿爾戈二號從雲層出現往下降落，但這種飛船不同。這是一艘規模略小的埃及蘆葦船，船身上繪製眼睛，單一白色船帆上畫有切特的符號。

船緩緩停靠在岸邊。

莎蒂站起身來，拍掉褲子上的沙。「我送你回去？」

安娜貝斯試著想像這樣的船駛進混血營裡的情景。「呃，沒關係。我自己可以回去。」

「隨便你吧。」莎蒂把背包往肩上一放，幫安娜貝斯站起來。「你說卡特在你男朋友手上畫了一個象形文字。這樣雖然很好，但我寧願直接和你聯絡。」

安娜貝斯笑了笑。「有道理。聯絡這種事不能相信男生。」

她們交換彼此的手機號碼。

「除非有緊急狀況，否則別打手機，」安娜貝斯警告：「手機很容易吸引怪物上門。」

莎蒂一臉驚訝。「真的嗎？我從來沒注意過。那麼我想我不能寄給你 Instagram 上搞笑的自拍照了。」

「大概別傳比較好。」

「那麼，後會有期了。」莎蒂雙手環抱安娜貝斯。

被一個才剛認識的女生擁抱，安娜貝斯感覺有點嚇了一跳，而且這個女生大可以把安娜貝斯視為敵人。可是這個舉動讓她覺得很窩心。安娜貝斯學到一件事，在這種生死一瞬間的狀況，你很快就能交到朋友。

她拍拍莎蒂的肩膀。「小心安全。」

「從來沒有過。」莎蒂爬上船，船被送進海中。不知從何處升起了濃密大霧，環繞在船身四周。當霧散開，船和莎蒂都消失無蹤。

安娜貝斯凝望著空曠的海洋。她想到迷霧與杜埃，還有這兩者之間的關聯。

她大多想到的是塞瑞比斯的權杖，以及黑狗被她的短刀戳進身體時所發出的嚎叫。

「那不是我親手毀滅了自己的未來，」她向自己喊話保證：「我創造自己的未來。」

但是在某個地方，一個叫做薩特納的魔法師有不同想法。假如安娜貝斯要阻止他，她得好好計畫一下。

她轉身走過海灘，往東前行，踏上返回混血營的迢迢路途。

作者簡介

雷克·萊爾頓（Rick Riordan）

美國知名作家，最著名作品為風靡全球的【波西傑克森】系列。因為此系列的成功，使他成為新一代奇幻小說大師。在完成波西與希臘天神的故事後，萊爾頓緊接著的【埃及守護神】系列改以古埃及的神靈與文化為背景。而【混血營英雄】系列則接續【波西傑克森】的故事，加入羅馬神話的元素。

想進一步了解雷克·萊爾頓的相關訊息，請上他的個人網站：www.rickriordan.com。

譯者簡介

荷米斯

英文系畢。少時立志研究古文明，嗜讀神話英雄人物誌。目前進修日語和德語。平日以組合文字為生，餘暇以東奔西跑為樂。

波西傑克森

塞瑞比斯權杖

文／雷克·萊爾頓　譯／荷米斯

主編／林孜懃　封面內頁繪圖／林秀穗 ice Lin
內頁埃及象形文字繪圖／唐壽南
行銷企劃／陳佳美　出版一部總編輯暨總監／王明雪

發行人／王榮文
出版發行／遠流出版事業股份有限公司 104005 台北市中山北路一段 11 號 13 樓
電話：(02)2571-0297 傳真：(02)2571-0197 郵撥：0189456-1
著作權顧問／蕭雄淋律師
輸出印刷／中原造像股份有限公司
□ 2014 年 10 月 1 日 初版一刷　□ 2022 年 5 月 10 日 初版七刷

定價／新台幣 199 元（缺頁或破損的書，請寄回更換）

ISBN 978-957-32-7498-8
遠流博識網 http://www.ylib.com　E-mail:ylib@ylib.com
遠流雷克萊爾頓奇幻欄 http://www.facebook.com/thekanefans
波西傑克森—混血人俱樂部 http://blog.ylib.com/PercyJackson

THE STAFF OF SERAPIS

國家圖書館出版品預行編目資料

波西傑克森：塞瑞比斯權杖／雷克．萊爾頓（Rick Riordan)）文；荷米斯譯．--
初版．-- 臺北市 : 遠流 , 2014.10
面；　公分
譯自：The staff of serapis
ISBN 978-957-32-7498-8（精裝）

874.57　　103018210